발밑의

들꽃

김태석 지음
이기주 사진

초여름 발밑에 치이는 개망초*는 돋아나 죽는 그 순간까지 하늘을 응시합니다. 주어지는 날을 마음껏 음미하듯 매일 한 뼘씩 솟습니다.

신석정 시인님(1907~1974)의 발표된 시들 「들길에 서서」, 「슬픈 구도」, 「아직 촛불을 켤 때가 아닙니다」를 보면 신석정 시인님은 하늘을 보는 개망초였습니다.

어머니 아직 촛불을 켜지 말으셔요.
인제야 저 숲 너머 하늘에 작은 별이 하나 나오지 않았습니까?

「아직 촛불을 켤 때가 아닙니다」 일부

＊ 개망초의 꽃말 : 가까이 있는 사람은 행복하게 해주고, 멀리 있는 사람은 가까이 다가오게 해준다.

일제강점기 그 어느 때보다 암울했던 1933년, 조선일보를 통해 발표되었던 이 시에서도 '숲 너머 하늘에 작은 별'을 응시합니다.

그 대상이 광복일지 혹은 다른 어떤 것일지 모르지만, 현상 너머를 보려는 시선의 힘겨루기가 당시에 얼마나 고된 일이었을지 짐작할 수 없습니다. 하지만 그의 세상은 어떤가요? 희망이 있고 두근거리기까지 합니다.

시선은 마음을 따라가지만, 시선을 돌이키면 마음도 돌아서더군요. 『발밑의 들꽃』의 시작(詩作)은 여기서부터 출발했습니다. 이 책을 읽는 동안 여러분의 시선은 밝고 맑은 하늘을 향했으면 좋겠습니다.

김태석 드림.

목차

제1장

아무도 모를 거야,
날 만든 하늘조차도

제2장

영원할 것 같았던 여름도
한철이었어

제3장

괴로운 것엔
끝이 있었으면 좋겠어

제4장

단 한 번의 계절이잖아,
마음껏 음미할 거야

제5장

한 끈으로 묶여
함께 시들고 싶어

두어 마리의 벌이 향기를 좇아 꽃에 당도하듯
누군가 돌 언덕길을 거슬러 기어이 찾아준다면
그들은 살아갈 테지만
이 순간에도 속절없이 지는 향기가 많다

「향기」 중에서

제1장

아무도 모를 거야, 날 만든 하늘조차도

잡이

청량리에서 출발하는 전철을 타면 젊은 잡이가 산다
천안까지는 한참이지만 쇠장대에 매달려 손 내미는 잡이가
산다 그는 그동안 누구의 손을 잡았을까 또 누가 그에게 손을
건넸을까

짐작하건대, 사람에 치여 앉고 싶어도 앉지 못한 사람일
것이다 삶에 치여 쉬고 싶어도 쉬지 못한 사람일 것이다
아무도 잡아주지 않던 그를 잡이는 누구보다도 꽉 쥐었을
것이다

밤밑의 들꽃

향기

좁다란 골목길 화분에도 꽃은 피고
가파른 돌 언덕길 남루한 집에도 사람은 있다

그들도 흙에 파묻혀 자맥질하고
선연한 색채로 살아가니
숨이 있는 곳에는 생이 있고 생이 있는 곳에는 향기가 있어

두어 마리의 벌이 향기를 쫓아 꽃에 당도하듯
누군가 돌 언덕길을 거슬러 기어이 찾아준다면 그들은
살아갈 테지만
이 순간에도 속절없이 지는 향기가 많다

과연, 나는

뒤늦게 잊힌 숨을 찾아 서성이던 한 사람 아니었느냐

개표소

숨이 꺽꺽 막히도록 우는 소녀가
개표소로 걸어 들어갔다

수많은 대중이 소녀를 지나쳐 가도 자신이 끌던 여행용
가방에 속에 갇힌 듯 칠흑 같은 어둠 속에 잠겨
낙화하는 모란처럼
그보다 위태위태한 별처럼 멀어져 갔다

이름도 알지 못하는 소녀의 양 볼에 켜진 얼얼한 적신호를
향해 잠시 기도한다

도착하는 개표소에서는

그 모든 것이 환하기를

발밑의 들꽃

광야의 민머리 민들레

강물이 불어나면
앞 갈고리가 닳을 대로 닳은 늙은 장구애비가 가장 먼저
서식지를 잃어요

강도래와 물삿갓벌레의 알들은 익사하고요,
암컷 물자라는 목만 내민 민들레의 등에서
급히 알을 까고 정신을 잃고 떠내려가요

눈앞에서 벌어지는 이산의 참상에도
밤하늘의 눈초리들은 끔뻑끔뻑,
한발 늦은 열띤 관심은
유실된 알을 하나라도 찾을 수 없어요

친척도 천적이 되는 이곳은 광야예요

민들레가 허리춤에 혈기의 낭선창을 두르고요

밤낮으로 상류의 노래를 읊어요

거슬리는 북풍도 요람에 태우듯

흙 뿌리 뒤꿈치에 힘을 잔뜩 주고 유충을 재워요

빗물

빗물은 참으로 나태하구나

그러니 낮은 곳으로 흐르고 빈 곳으로만 찾아 구르지

거기에 가장 귀한 사람이 있는 줄도 모르고

퍼 나르는 집에만 더욱 소용돌이치지

발밑의 들꽃

별이 되지 못한 어둠에 관하여

보름달 주변에 모인 뭇별들은 아마도 내가 알지 못한 긴 시간 동안 달이 되기 위해 하늘로 날아들었을 것이고 부싯돌로 불붙이듯 빛들을 열로 허비하며 앞으로 또 앞으로 나가려 했을 것이다 하지만 6등성 별조차 되지 못했을 때 어둠이 되었다

발밑의 들꽃

키다리 아저씨의 냉장고

아이들이 냉장고 문을 열고 금세 또 여는 것은 아이라서다
아이들이 밤마다 엄마 아빠에게 안겨 묻고 또 묻는 이유는
아직 아이라서다

그런 아이에게 때때로 냉장고는 키다리 아저씨의 속마음이
되기도 하여서

사랑한단 말 금방 올 테니까 잘 있으란 말 넣어두면
홀로 집을 지키는 아이는
사랑한다는 말, 금방 온다는 말은 꿀꺽 삼키고
잘 있으란 말만 남겨두어

엄마 앞에선

잘 있었단 말만 한다

배롱나무

두어 계절을 견딘 꽃은
누구보다 여린 꽃이다

사랑하는 이 다 떠나보내고도
아직 저물지 못한 탓에

하물며 그대는 어떠한가
해사한 미소를 가진 그대에게 묻는다

그 미소를 짓기까지

얼마나 힘들었느냐

피멍울

누가 하늘에 대고

욕을 했나

하늘에 아주 까만

멍이 들었다

아이고, 많이 놀랐겠구나

욕한 놈은 어디가고

그대 피멍울만 남았느냐

리셋

파도 소리를 보러 와서는
바람 따라 잘잘하게 삐거덕거리는 의자를
넋 놓고 바라만 보고 있을 것 같아

파도 소리에 적혔던 발자국이 카세트테이프처럼
서서히 등을 돌려 되감아지면

흰빛을 두른 새가 흐뭇한 웃음소리를 내며 당장에라도
날아들 것 같아

"내가 여기 있는 건 어떻게 알았니?" 하고선
새소리만 쿵쾅쿵쾅
들릴 것 같아

발밑의 들꽃

생선 하나 없이 고요한 집

밤새 눈이 내리면

검은 생선들이 길에 널브러져 있다

팔딱거리며

꼬리에 꼬리를 물고 누워 있다

갈 마음 없는 텅 빈 걸음엔

고래만 한 자국이 남는다는데

버스정류장엔 범고래들이 치어 떼처럼 쌓여 있다

발밑의 들꽃

고산병이겠지

그래서 잘하던 것도 안 되고

숨이 가쁜 걸 거야

　제1장　아무도 모를 거야, 날 만든 하늘조차도

밤밑의 들꽃

놓는 연습

손에 쥔 걸 놓아야 다른 무엇도 집을 수 있단다

너에게 더 좋은 것을 주고 싶어도 지금은 그럴 수 없겠구나

인제 그만 아쉬워하고 그만 그리워하렴

제1장   아무도 모를 거야, 날 만든 하늘조차도

눈칫밥

살아온 길 몇 자락 보고서
쉬이 꾸짖지 말거라

지는 꽃노을에도
얹히는 이들이 있으니

우리도 다가오는 모든 것들이
눈칫밥이던 적 있었다

발밑의 들꽃

기침

잿빛 구름 너머 당신에게 안부를 물었다
그제야 당신은 허파로부터 찢어지는 기침을 한다

저 하늘만 한 비구름이 당신 안에 있었구나

허파로부터 찢어지는 기침을 한다 저 하늘만 한 비구름이
당신 안에 있었구나

한 번 더 참으려고 해서 그렇다
쓰라린 욕지기가 치밀어 올랐으나
다시 삼키려고 해서 그렇다

구름은 참는 법을 몰라서가 아니라
더 담아둘 방법을 몰라서 비를 내린다

꽃말

그대여

꽃은 말하지 못한다 속단하지 말라

성대가 없어 우짖지 못할 뿐

빛깔과 향으로 말하고 있나니

도리어 우리는

얼마나 많은 순간에서 말로 해설하려 애썼나

묵언(默言)

깊은 골짜기 너럭바위에 봄빛이 찾아든다고 언제부터

그 바위가 봄을 따랐나요

조신해야 합니다

묵언(默言)은 무심(無心), 방관, 추종이 아닙니다

너럭바위의 묵언은

타인의 세계에선 도무지 알 수 없는 묵언일 뿐

그대로 두어야 합니다

침묵은 씨앗,

흐르는 사철을 임감하는 것입니다

발밑의 틈꽃

설익은 사과

며칠 제법 서늘해지면

시장에 사과가 입하하는데

개중에는 남들 따라 나온 설익은 사과도 있다

이름이 같다고 같은 단맛을 내지 않듯

아서라, 우리의 때를 기다리자

발밑의 들꽃

나의 노인

5월의 노인은 온종일 볏모를 심고선 그대로 등이 굳었다

그 덕에 잘 심어진 볏모는 세 숟가락의 햇살과 두 숟가락의
빗물을 받아먹고 지금의 내가 되었다

여태 나는 이 영과에 무엇을 더 담아보겠노라고
열심이었는지 숙어지는 고개에 벋대다 못해 절로 숙어지는
일에 슬퍼했다

나의 노인아,
받아먹는 것만 할 줄 아는 내가 어디가 좋답니까

발밑의 들꽃

아직 그 골목길에는 당신이 피어있을 것만 같아서
그 숨에 허우적거리다 떠나보낸 청춘이 많았다

「골목길」 중에서

제2장

영원할 것 같았던 여름도

한철이었어

큰맘

그대는 왜

밥을 먹다 말고 수저를 내려놓았나

덩달아 철렁 내려앉는 가슴

그렇구나

그대는 이미 먹고 왔구나

발밑의 들꽃

반색

그런 날이 있다 적막함에 잠 못 이루는 날 너는 내게 와야만
하고 나는 그것을 맞닥뜨려야 하는 날 징조란 징조는
눈앞에서 한데 모였다 흩어지는 날 드디어 온다 감당하지
못할 것이 정체한다 그래 토해내라 모조리 토해내고 가볍게
떠나라

발밑의 들꽃

환승

마지막 종착역이라고 소리쳐 깨운다

내릴 때까지
닫히지 않는 문
굴러가지 않는 차륜

멀리서 오라고
오라고 하고

너는 가라고
가라고 한다

발밑의 들꽃

말투(投)

둥근 돌도

던지면 아프다

너의 말이

그렇다

발밑의 들꽃

대화

후후 불면

식기도 한다는데

후후 부니

더 타기만 한다

그래도 내가 죽겠을 때

밤사이 집채만 한 눈을 퍼붓겠습니다

낭만이라 여겼던 당신을 짓밟고 떠나지 못하는 나와 같이

당신도 시달렸으면 합니다

그래도 내가 죽겠을 때

밤사이 표지판을 세워 두겠습니다

법이라 여겼던 당신 말씀에 헤매는 나와 같이

당신도 헤매고 헤매 어쩌지 못하고 얹혔으면 합니다

발밑의 들꽃

이끼

햇살 같은 너는 따스하지만

나는 왜인지 쓸쓸하다

여지란 없는 너의 돌담에서

내가 살아 흔들리고 있다

청산

한 보릿단 기억

이제는 실어 보내자

허전하다 할 것 없이

애역만큼 잠시 있다 그칠 노릇

홀로서도 걸을 수 없던 그을린 심지의 길

그마저 누구의 양분으로

한껏 실어 보내자

고독이라 말할 것 없이

깃털처럼 가벼이 지낼 수 있다면 아깝지 않은 기억이다

갖지 못할 것은

나중도 갖지 못할 것

외로움 때문에

괴로움을 곁에 둔다는 것은 이 얼마나 멍청한 짓인가

발밑의 들꽃

지렁이

매섭게 곤두박질치고 멀어진 너는 빗물이었으랴

한철 네가 다녀간 자국엔

으깨진 일상만이 잔존했으니

일상을 챙기려다 평범한 햇살에도 나는 익사 당했다

꽃잎을 줍지 마라

꽃을 원한다고 눈앞에 보이는 꽃잎을 줍지 마라

너의 등 뒤엔 더 많은 꽃이 있나니

고개 숙여 너무 울지 마라

너를 기운 나게 할 것은

네 양팔과 푹 숙인 틈에 있지 아니하니

아픈 사랑을 너무 끌어안지 마라

진실한 사랑은 억지로 껴안은 품에 있지 아니하니

단언컨대,

사랑은 그보다 더 넓은 품에 있나니

무전(無錢) 부심(腐心)

콩 한 쪽도

줄 것 없으면

줄 수 있는 말이라도

예쁘게 줄 걸

철꽃

봄꽃은 봄빛에 움트는 것이 아니다

월동하러 온 겨울새가 철따라 올라가면

그때 저 멀리, 저 멀리서부터 비행하여 온 것이다

철꽃들이 가지마다 걸터앉아

너도나도 봄빛을 향해 입 벌리고 있는 것이다

그중에 당신도 있겠지 하고

한달음에 달려 산중턱에 서보았지만

당신을 도무지 찾을 수 없을 때는 모두가 당신이다

오히려 그곳에는

날갯짓에 떨어진 꽃잎들이 한 무더기 있다

몇 번이고 당신에게로 투신하고 싶었던 마음

거기 한 무더기 있다

제2장　영원할 것 같았던 여름도 한철이었어

밤밑의 들꽃

선잠

달이 뜬다고 해서

당신이 나타나는 것도 아닌데 어찌하여 나는

밤이면 잠 못 이룹니까

이방인

형편없이 파락한 왕국

불을 지펴 그마저 검붉은 재로 변한 환원 불가한 국토는 이제

어린 소년의 흙장난거리 혹은 꿈의 세계

누군가 내 세계에 날아와

가장 일상적인 광경으로 추락했다

이방인에게 손을 뻗었다 말다

말을 건넸다 말다

익숙한 행색에 재가 된 근원의 세계를 잠시 염탐하다

성을 내며 달 뒤편으로 쫓아냈던 그날을 기억하지 않느냐

자책하다

아, 당신아

멀어질 것이었으면 영영 멀어졌어야 했다

결박 결단 결핍

만남은 건네는 실을 잡는 것

서로를 칭칭 옭아매어

날이 갈수록 헤어나기 어렵게 되는 것

작별은 얽힌 그대로 반쪽을 잃어버리는 것

그러니까 그동안의 실타래를 되돌려주지 못하게 되는 것

남은 한쪽만 풀었다 땋았다

잊고 살지 못하고 잃고 사는 것

탓

지하철도 끙끙댄다

기력이 없어 연신 신음이다

다,

너 때문이다

별들의 기억

나의 밤은 적막한 호수

당신에게로 자맥질하는 작은 몸짓은 기어코 겹겹이 파문으로

일었고

너를 떠올린 무수한 그리움은

우주를 채 달아나지 못하고 별이 되었다

그러다가 아침 밝아오면 꼭두새벽의 소동은

더 큰 소란에 잠기우고

퀴퀴한 방구석 새까만 바퀴벌레들 사방팔방 흩어지듯 어딘가

드리웠을 어둠 찾아 별들 숨어버리면

나는 또 아무렇지 않다

골목길

아직 그 골목길에는 당신이 피어있을 것만 같아서

그 숨에 허우적거리다 떠나보낸 청춘이 많았다

발밑의 들꽃

11월의 가을

가을은
떨어지고

낙엽은
스며든다

다시 만나자 하던
그대처럼

극복에 관하여

나 홀로 괴로워할 테요

그러니 내 옆에 있지 말라고 전할 테요

통증과 아픔과 괴로움을 견디기 위한 나의 몸부림에 절대

붙잡히지 말라고 전할 테요

다만 여기 나약한 병자를 위한 한 줄 기도만을 바랄 테요

아플 때 떠올라 아물 때 부를 사람이여

핏덩이

당신의 몸에 돌고 있는 그 피는

우리의 사이보다 진득하고

당신 머리에 맺힌 응어리는

이 마음의 응어리보다 치명적인가 봅니다

우리 사이가 나아짐으로

당신도 나을 수 있다면 하고 바라지마는

당신은 내게 너무 먼 사람이군요

민들레 홀씨

멀리서 바람이 온다

그것으로 인해
꽃피웠고

그것으로 인해
쓰러졌다

흰 민들레 홀로 휘청이는 동안
언덕에 노란 민들레가 피었다

나에게도 하나가 둘이 되고

둘이 하나가 되는 그런 순간이

숲을 흔들며
찾아왔었다

산장지기

뜯어진 올을 잡아당기듯
길 한 가닥 낚아 오물오물하다

긴긴 흔적의 이끼를 간직한 돌담 너머
산장지기의 손길에 따라 건설된 산장이 가슴에 턱, 메었다

전구 서너 개 대롱대롱 매달려 꽃숭어리 같은 빛이 새어
나오던 산장은
화로에 장작 세 개비 타오르고 쓸모를 다하여 유기된
물건들이 제 곳을 찾아 도리어 거늑하다

이 호사스러운 최후에 나 고요히 면수하고 싶었다

봄철을 여의고 늙고 병들어 가련할 이 몸도 매만져주기를

쓰임을 다한 것만큼

서러운 것 없나니

제2장 영원할 것 같았던 여름도 한철이었어

발밑의 들꽃

모래알

오래된 형체를 찾아 사막이 시작되는 곳에서 사막으로
걸어가다

부르튼 발가락 사이로 달려드는 모래알들 야금야금 제
몸집만 한 수분을 빨아들이나 어떤 모래알도 배부르지 않다

이쪽에서 저쪽으로 옮겨 간 것은 있으나 어떤 모래알도
배부르지 않다

숲과 숲이 모여 사는 것은 나무와 꽃
새와 꽃 사이사이에 물이 고여 있기 때문이다

재회

그네의 행적 속 숱하게 피웠을 미소 아득해질 때, 저 바다
설움에 크게 일렁이고

그대가 좋아하던 동백꽃보다 검붉은 울음 무작정 토해 내면
절망의 빛덩이 찬찬히 떠오르니

절망이라 함은 당신을 품에 안을 수 없음이요
견우와 직녀의 재회도 우리의 재회보다 다정하지 않을 것이니

사랑하고도 사랑할 수 없는 그대여,
잘 가시게
한동안 그대 품이 조금은 그립겠소마는

차마 웃지 못하는 이만 지옥입니다

「교실의 별자리」중에서

괴로운 것엔

끌이 있었으면 좋겠어

반딧불이

반딧불이는
비행기가 낮게 나는 언덕길을 오르며

꽁지를
깜빡
깜빡입니다

열아홉 살 책 덮고 불을 끄는 한밤에도
등이 꺼지지 않는 빌딩 삼거리를 지나며

꽁지를
깜빡

깜빡입니다

먹고 살자고
밤을 낮처럼 밝히는 그는
자신을 불태우지만

그마저도
위태
위태합니다

제3장 괴로운 것엔 끝이 있었으면 좋겠어

상한 사과

희미한 시선에 신호등이 밤과 함께 뭉개졌다

맞은편에서 달려오는 차는
그대로 하늘로 날아갈 것만 같았다

시간을 내 멋대로 쪼개어 발버둥 친다 한들
그것이 오롯이 내 입으로 들어오는 것도 아닌데,

먹기 좋게 잘라놓은 과일이 썩은 것처럼
오늘이 그런 음식 같았다
몇 덩이 그 누구에게도 차마 건넬 수 없는 것이었다

나는 그렇게

하나도 먹지도 못하고

하루를 버렸다

현관문

귀뚜라미도 울다 지쳐 잠들고

그도 잠든 날

당신은 온다고 했다

그 말을 믿던 아이는 작은 방 문틈으로 보이는 사슬문고리를

응시하다

화장실을 가려던 그가 다시 현관 문고리를 굳게 걸어 잠글 때

그 어린애가 무얼 안다고 철렁 내려앉는 마음

그 울음을 삼키며 억지 숨소리를 내고 있었다

무언의 주문을 외고 있었다

다시 귀뚜라미도 울다 지쳐 잠들고

그도 잠든 날

아이는 악몽도 꾸지 않았다

발밑의 들꽃

하루빨리 이 시간이 흘러갔으면 하고

버티고 있을 사람아

부디 그대의 꽃다운 나이마저 떠나보내지 말기를

발밑의 들꽃

공사장에는 건물주가 살지 않아요

시간마다 울리던 안내음이 사라지고 철근이 절단되는
소리보다 뜨거운 굉음이 나요 과태료를 물겠다고 쫓았던
냄새가 풍기기 시작하고, 후진음과 엔진음이 얼굴과 다리를
넘어가요

현장 식당에서는 림프샘에 흐르는 땀보다 시큼한 사골국의
썩은 냄새가 나고요 굉음은 이내 고요해져요

보다 못한 역부들은 천돌을 향해 이놈 저놈 밟고 올라와
아기 새의 본능처럼 까악까악 우짖고 깽판을 쳐요 그들이
목청만 꽥꽥 치지르는 건 아마도 내가 만만해서겠죠 콩깻묵
선심조차 줄 건 없지만 갑질은 할 수 있어요

신호음이 단절된 바닥은 자주 차가워져요 존재만으로도
쌀을 축내지만 점점 맥을 잃어요 겨우 눈을 떠요 밤하늘에
토성과 금성이 빛을 잃고 매달려 있고요, 오래간만에 찾아온
건물주는 철근을 붙잡고 안달이 났어요

교실의 별자리

밤이 되어도 마땅한 자리가 있는 뒷자리 사자와 염소는
함께여서 더욱 찬란한 보면 볼수록 아픈 빛입니다

아무래도 저 별들의 노지에는 박달나무가 무성할 것이고
그 변두리 목공소에 일하는 목공은
궁지라고는 없이 시키는 대로 작문하고 있을 것입니다

옆에서 실실 전갈도 웃고 자빠진 것을 보면
휘두르는 매질에 모종의 찔림조차 없는 에덴의 세계에
있음이요
차마 웃지 못하는 이만 지옥입니다

나는 언제 케이크를 먹지?

창문을 연다는 것은 일대의 아주 큰 행운이에요

오늘 그 창문 반쪽을 열었어요 나갔다 오는 동안
초코케이크는 맘껏 부풀었어요 겉은 아주 단단하죠 얼른
손을 뻗어요 은 숟가락들은 거르고 하나 남은 나무 숟가락을
집어 들어요 불을 꺼요 한숨을 크게 쉬고 무두질하듯
두드려요 서서히 빗금 가기 시작해요 이걸 눈앞에 두고 누가
정신을 차릴 수 있겠어요 환각에 빠져요 눈의 미뢰는 맛볼
준비가 됐어요

자정 넘어 후진하는 소리가 달려와 창밖에서 염탐해요 슬쩍
손을 뻗으려 해요 이걸 눈앞에 두고 누가 정신을 차릴 수

있겠어요 뭉그적거리다 한숨을 쉬어요 케이크를 두고도
기다리는 사람이 집에 있다며 서둘러 멀어져요

담장에 우그려 있던 담배 연기가 기어와 바르르 떨어요
케이크를 보고도 동공이 흔들려요 서둘러 초를 켜요 그제야
입을 열어요 1년 전에 케이크를 잃었대요 며칠을 바깥에서
헤매도 구할 수가 없었대요 종일 방에만 있어도 찾아오지
않았대요

그런데 그 도망만 치던 케이크가 창문을 연 집집이 보란 듯이
부풀고 있었대요

악몽

자려고만 하면 고였던 기억들
혹은 썩은 망상이 눈가로 범람하고
때마침 찾아온 달빛이 샅샅이 쬐면
악몽은 그때부터 시작이다

꿈에서도 쓰리고
꿈에서도 고달프다
보는 것만으로도 이렇게 아플 수 있다

그러다 문득 스치는
어머니의 온정

보이는 것들에 두려워 말고

꿈도 꾸지 않을 깊은 잠에 들거라

발밑 들꽃과의 눈맞춤

아프지 마라

하여도

아팠겠지

아팠을 것이야

울지 마라

하여도

슬펐겠지

슬펐을 것이야

꺾이지 마라

하여도

꺾였겠지 수천 번 꺾였을 것이야

그리하여도

행여 그리하여도

아프지 마라

울지 마라

꺾이지 마라

빗길과 산책길

그대는 산이다

갓난아기와 같이

흠 없이 고결한 산

그러나 그대야

오랜 세월을 보낸 덕유산 향적봉에 올라서 보라

깊고 넓은 골짜기가 바다로 뻗었나니

그 어디 한두 고비만을 넘겼겠는가

억수 같은 비가 몇 번이고 내렸을 것이고

낙숫물이 댓돌 뚫듯이 골짜기를 냈을 것이다

그대에게도 지금 그 비가 오느니

마음 한편 제대로 지켜보지도 못하는 밤에는

꿈의 사닥다리를 타고 청명한 빛깔의 꿈을 꾸자

모름지기 자신이 원하는 굴곡으로

살아가는 산이 어디 있겠냐마는

빗길은 산책길이 되기도 한다

제3장 괴로운 것엔 끝이 있었으면 좋겠어

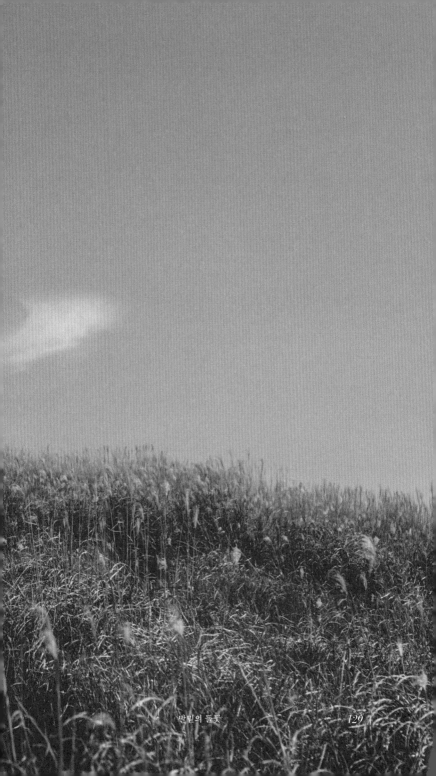

발밑의 들꽃 　　　129

깃털 없는 새

깃털 없는 새는
두려움의 날갯짓으로
불씨를 더 키우네

화상을 입은 새여
잃은 것이 깃털뿐이겠냐마는
떨지 말라, 겁먹지 말라
도리어 날개를 태우라

인간만이 불을 다스릴지니
불씨 앞에선 부지깽이를 손에 들라

발밑의 들꽃

등

사랑하는 것들을 마주하고

가시는 깊이,

더 깊이 욱여넣은 당신이여

보이지도 않는 곳에

그리 욱여놓고 살았던가

어쩌나 당신의 등을 오늘 내가 보았으니

당신 얼굴을 볼 적엔

어떤 표정을 지어야 하는가

발밑의 들꽃

탓

흰빛 도로가

비가 왔다고 검게 물든다

닿는 곳마다

흙탕이 되면

무색의 빗물도

생각하겠지

나 때문일까

하고

그러나

속단하지 말자

누구 탓인지는

지나면 알게 되니까

백기만 들지 않는다면 반드시 되리라

햇발이 기어이 늦장마를 제치고 찾아온 것처럼

발밑의 들꽃

포경(捕鯨)

고래는 우리처럼 숨을 쉰단다

물 밖으로 나와야 하는 순간이 있다는 거야

바다의 왕처럼 군림하는 그 녀석도 살아보겠다고…….

그런데 고래는 알고 있을까

그 순간이 어떤 순간인지

발밑의 들꽃

생각 정리

어설픈 매듭은 풀리기 십상이고

풀린 끈은 밟히기 마련이다

발밑의 들꽃

또다시 적도 같은 사랑을 하자
서로의 불이기도 하자

「서로가 서로의 적도이기도 했다」 중에서

제4장

단 한 번의 계절이잖아, 마음껏 음미할 거야

삼월의 백목련

3월이 오면 지난한 시간을 견딘 옥색 폭죽이 한껏 치솟아
터지고
그 이튿날 무두질하는 봄비에 허망하게 하강하는 재는
제 뿌리 위 무덤이다

만일 그대가 청춘을 망설이는 중이거든
삼월의 백목련을 보라

변온하는 비바람에도 일평생 심어진 대로 터지는
찰나의 그 우아한 빛이 우리를 얼마나 눈멀게 하는지를

발밑의 들꽃

폭설

눈길이

가는 곳엔

폭설에도

길이 나지

숲의 환절기

나무 한 그루 옷을 바꾼다고
숲이 바뀌겠느냐

숲이 옷을 바꾼다고
다른 계절이겠느냐

그리하여도 계절은 한 그루 쪽잎으로부터 시작되나니
쪽잎만 한 봄빛이면
분명 그만한 계절이 온 것이다

눈빛

보름달빛에 가던 길을 멈추듯

당신을 넋 놓고 바라보게 되고

그러다 보면

돌아갈 길을 잃게 돼요

발밑의 들꽃

서로가 서로의 적도이기도 했다

내 머리 위 볕들지 않으면

그 햇발이 살갗에 닿지 않으면

결단코 아침이 아니다

끝끝내 아니다

보이지 않으면

느껴지지 않으면

그 어디엔가 있더라도 의미가 없는 것이다

어스름에 달아난 고뇌여

그날의 망상이여

한때는 서로가 서로의 적도이기도 했다

한철 사랑이기도 했던 그대여,

또다시 적도 같은 사랑을 하자

서로의 불이기도 하자

꽃과의 인사법

아가야, 꽃이 아름다우니?

그렇다면 조용히 무릎을 굽히어

꽃의 시선을 따라가 보렴

너의 언어를 들려주기 이전에

꽃의 세상을 들어보렴

계절이 바뀌고 떠나갈 때는

다시 올 것처럼 그러니 안녕히라고 말하며

정든 것들에 헤어짐을 고하는 꽃처럼

안녕이라는 인사를 건네렴

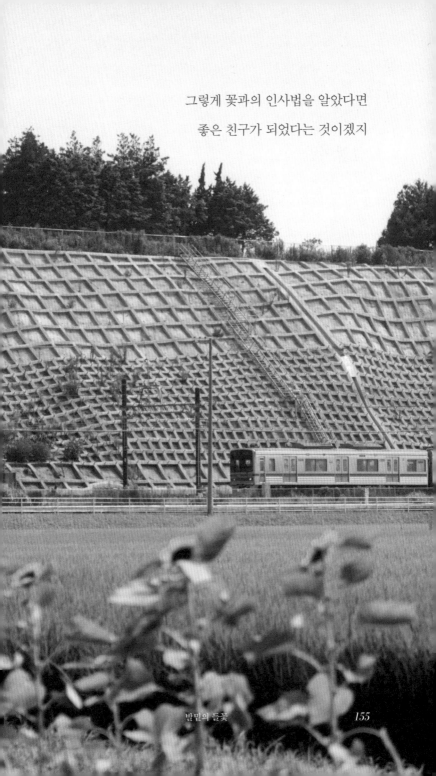

그렇게 꽃과의 인사법을 알았다면

좋은 친구가 되었다는 것이겠지

발밑의 들꽃

설렘이란

하루가 멀다고 쌀쌀해지는 날씨. 날 막아 세우는
빨간불. 좀처럼 오지 않는 버스. 이미 저만치
앞서나간 입술에 새파랗게 떠는 단어들.

내가 이토록 애달픈 적 있었나 떠올리며 이 느낌이
마냥 싫지만은 않은 것

버스 빈자리

마주 보던 가로수들

부둥켜안을 것 같이 지평선 뒤로 멀어지면

늑골을 짓누르는 이가

내 옆에 앉아 있나니

발밑의 들꽃

달의 행방

달은 곁에 있기도 했을 테고
숨기도 했을 테지만
달의 행방이 오늘에서야 문득 궁금해진 까닭은

눈앞에 없는 당신으로 인해
눈앞에 보이는 것마저 희미해진 지금
달무리도 보이지 않는 저 달이
꼭 당신의 행방 같아서다

예전과 달라진 것이라면
당신이 아닌 나겠지마는
오늘 밤에야 뒷걸음질이다

발밑의 들꽃

빈 뼈

단 한 번이라도 끓는 사랑을 해볼 것

그 열기에 사각 버터가 부글거릴 때

날 것 그대로 살아온 생을 던져볼 것

뭇 겨울나무처럼 자신의 몫조차 없이 도려진

빈 뼈가 되었을 때 그것만은 평생을 사랑할 것

발자국

단풍나무 아래서

발자국 쿡쿡 찍어놓던 새가

내 뜨락의 한복판으로 날아들었다는 사실을 알게 된 것은

대문 앞에서 초인종 한번 누르지 못한 채

주춤했던 자국을 보았을 때의 일이다

더러는 한쪽으로 치우고

더러는 포대에 쓸어 담았어도

잡을래야 잡을 수 없는 빌어먹을 새 때문에

그날의 허한 자국이

몇 날 며칠 발끝에서 치였던 것이다

발밑의 들꽃

가을 집 앞 나무

참새는 어느 집 앞 나무의 가지에 앉았습니다

참새는 말할 줄을 모릅니다
나무는 앞을 보지 못하고요

그날 나무의 마음 한편에는
깊은 단풍이 들고 있었습니다

발밑의 들꽃

꽃 선물

꽃마다 의미가 다르듯

사랑은 비교할 수 없기에 비교하지 말 것

꽃을 전해주듯

한 움큼 쥐어다 건네줄 것

발밑의 들꽃

된불 맞은 허파

그대를 보자 놀라서

허파를 한쪽 베먹었다

그렇지 않고서

이리도 벅찰 리 없지 않으냐

발밑의 들꽃

인연

퍼즐을 맞춰보던 밤

어찌나 척척 맞던지

밤이 새도록 킥킥대는 귀뚜라미 울음소리가

방을 가득 메운다

딱따구리 순정

매일 와르르 무너져 내리는 밤을

보고 싶다는 말로 그 밤을 사정없이 쪼아대어

기어코 몸만 한 구멍을 만들고

이쪽 세상과 저쪽 세상을 잇는 것

그것이

인연

제4장　단 한 번의 계절이잖아, 마음껏 음미할 거야

결박

경주하는 시곗바늘을 가로막아 서면

서서히 기우는 태양을 얼른 낚아채 포박하면

우리, 내내 사랑일까요?

촛농의 법칙

멀어지면
굳는 법

촛농도
아는데

그대는
왜 모르는지

발밑의 들꽃

잠 못 드는 밤

달빛을 호롱에 걸어두고

밤을 먹 삼아

얼마나 그림을 그려댔으면

오늘 밤은 내가 다 썼더랍니다

첫눈에

까만 두 웅덩이에
당신이 비친다

점점 가까워온다
이내 당신이 들어와
왈칵,
넘친다

내일도 깊은 바다에 윤슬을 뿌려줘
그러면 난 두렵지 않을 거야

「저녁노을이 사는 곳」 중에서

제5장

한 끈으로 묶여 함께 시들고 싶어

마음의 준비

나는 네가 좋아진다
그래서 마음의 준비를 한다

향기에 취해 너란 사람을 괴롭히지 않겠다는 선서를
이제는 네가 아닌 다른 무엇으로 채우지 않겠다는 다짐을
너를 좋아하겠다는 말로 고백한다

너를 좋아하겠다는 것은
너란 씨앗을 온전히 이 마음 밭에
받아들이겠다는 약속이며
너로 인해 일어날 변화를
마음껏 즐거워하겠다는 고백이다

비로소 너란 사람이 좋아서

좋아한다는 말 꺼내놓지 않으면

그 진심에 익사할 것만 같을 때

네가 좋다 말하고 싶다

발밑의 들꽃

새벽 치자꽃

찡그린 꽃주름이 햇살에 펴질 때

하염없이 어여뻐서

나도 모르게 웃음 짓게 됐어

뒷모습

느린 걸음으로

뒷모습 바라볼 적에

네 머리카락마다

널 위한 기도 매달아 놓고

그러다 사랑의 고백들로

촘촘히 수놓은 우윳빛 드레스

곱게도 입혀본다

너는 무엇이 그리 좋으니

뒤돌아서면

사랑한단 말 해 주어야지

좋으니 좋다

해주어야지

은행나무의 사랑법

줄지어 선 다 큰 은행나무가

잎이 한 움큼씩 빠지는 것은

마음 한편 사무치도록 기다리는 게 있기 때문이다

과연 그 어떤 나무가 봄을 가장 그리워하는지는

초겨울의 나무들을 보면 알 수 있나니

보고 싶은 그 마음

견딜래야 견딜 수 없는 것이리라

봄날의 정원

사랑하는 이야,

너의 눈은 수국 같고

두 뺨은 6월의 장미 같구나

발밑의 들꽃

어미 새

나는 또 세상에
잃고 싶지 않은 연약한 알을 낳았습니다

들숨과 날숨의 소요는
출렁이는 오로라의 신비요,
하늘 아래 작은 온실 속
잠 못 이루는 행복이었습니다

사랑한다고 늘 함께일 수 없고 두려움조차 안고 나갔다
돌아오는 순간이 있었습니다
기왕이면 하늘과 바다의 틈 사이로
빛줄기가 샐 때만큼은

떼쓰더라도 눈물은 흘리지 말자는 것입니다

가는 발걸음 젖어 날지도 못하게 하지는 말자는 것입니다

그래서 흰 눈발의 무게를 조금만 견뎌보자는 것입니다

이 불안한 비행은

한 계절 두 계절 더 그대가 사는 것,

그대가 내 사랑이기 때문입니다

당신이면 나는

얼음을 까부수고 배를 낮게 깔고 날 수 있겠습니다

겨울 나무

기다리며 버틴 시간은
하필이면 겨울이었다

무성한 자존심도
내려놓은 겨울

발밑의 들꽃

제주 동백꽃

군락을 이룬 꽃밭에도
유독 가슴 미어지는 향 있고

그 향을 좇아 비로소 알게 된 꽃은
영영 잊지 못한다

그때처럼 여전한 동백꽃 향 스미면
능골 사이사이 피어나는 동백꽃
이내 부푸는 벅찬 가슴
그 어디엔가 너 피워냈노라고
여전한 것 하나 없는 이 향낭에
다행이라면 다행인 것은

기어코 담긴 것이

당신이란 꽃이요 향인 것을

아무렴,

당신은 동백꽃이 좋다 했으니

제5장 한 끈으로 묶여 함께 시들고 싶어

발밑의 들꽃

세르반테스의 소설

당신을 고귀한 망상의 규율처럼 섬기며
형광펜으로 밑줄 친 한 줄의 문장처럼 여겼다

그러나 책을 덮었다면
더이상 미치광이 늙은 기사 돈키호테는 없으며

활자로 적히지 않았다면
세르반테스의 세상이 아직 오지 않은 것이지만

활자로 적혀 읊는다면
그것을 같이 노래한다면
더이상 소설이 아닐 것이다

발밑의 들꽃

사랑의 출처

사랑한다는 그 말에 나는
말의 모서리를 더듬어 발을 탄다

말의 끝은 어딘가,
당신은 그 어디쯤 서 있는가

두 팔을 뻗어 날 향해 짓는 굴곡을 더듬고
당신의 목선에 흐르는 향을 맡고

온몸으로 당신의 악력을 경험하고 나서야
비로소 사랑의 출처를 알 수 있나니

조금 더디더라도 보아라,

당신의 고백을 믿고 여기까지 나섰나니

보이지도 않는 사랑을 좇아 여기까지 나섰나니

발밑의 들꽃

별의별 놀이

곤히 잠든 당신의 머리맡

소란히 빛나는 저 별 무더기에 끈 하나 엮어봅니다

거기에 햇살 같은 당신의 미소를

한발 앞서 걷는 당신의 뒷모습을

하나하나 엮어봅니다

그러다 만일 당신이 선잠에서 깨어 나를 찾노라면

저 별들이 전부 낙화할 때까지 내내 사랑이겠노라고

다짐하기로 합니다

발밑의 들꽃

제주 앞바다에서

함께 걸었던 길들이 산책길이 되고

함께 보았던 것들이 바다를 이룬다면

이처럼 아름답겠지

저녁노을이 사는 곳

저녁노을 부스대더니

돌아가는 길 어둡다

현관문을 여니

여기가 네 집이었구나

내일도 깊은 바다에 윤슬을 뿌려줘

그러면 난 두렵지 않을 거야

발밑의 들꽃

바다의 가장(家長) 자리

지평선이 얼마나 뜨거우면
태양조차 녹아 흐른다

파도가 얼마나 단단하면
달조차 흩뿌린 모래알처럼
아주 산산이 부서진다

별의별들이
저 태양처럼 달려들겠으나
내가 그 바다가 되겠노라

발밑의 들꽃

유성

잘 있던 별

잘 있지 못하고

무슨 까닭으로 떨어졌을까

발을 헛디뎠을까

혹 늦가을을 밀어내는 초겨울처럼

누가 밀어냈을까

단풍의 연민은 금세 잊은 채 첫눈을 맞이하듯 연민의 탄성은

한순간

별똥별이 그 어디쯤 추락하고 있을지

아무도 관심이 없으나

나는 온몸을 던져 그대에게로 가느니

사랑은 서로 다른 세상이 충돌하는 것

거기서 또 한세상을 이루는 것

수챗 구멍

빠져버린 수심(愁心)의 수심(水心)에서

도무지 할 수 있는 것이 없을 때

그대는 내게 수챗구멍을 내었다

꺼억꺼억 빨려들어가는 울음,

어디로 가려는지 알 수 없지만

다시는 만나지 말자

작별 인사를 했다

관(棺)

백 년은 한 나무만 키울 테요

한철 기근과 가난에 나간 가축을 보아도

기쁨의 축가를 부를 테요

노지의 포도나무가 푼돈으로 실려 가도

이 울타리엔 털끝조차 들이지 않을 테요

그렇게 구십 년을 살다 보면

봄 같았던 척추에도 밤은 오려 마는

조금도 애도치 마오

조금 더디게 백 년을 다 살면 보오

그대를 위해 단 한 번 목수가 되고 갈 테요

발밑의 들꽃

동참

잔별을 거두어서라도 낙종해야 할 적에도

제 뿌리라도 뜯어 그대 둥지에 보태고 싶은 마음

우리의 향방

서로 갖고 온 나침반을 맞춰 끼우며

새로운 나침반을 만들었습니다

가리키는 찰나의 방향도

조금도 거스르지 않고

키를 들었습니다

청혼

늘 다정한 쉼표 한 켤레 만들어

그대 발에 신겨 주고

깊은 잠으로 가는 오솔길

골목골목 지키고 서 있는 올빼미들은

달빛을 꺾어다 촘촘히 밝히어 쫓아내 줄게

발밑의 들꽃

삶이 그러하여도 잠시 아늑하여라

발밑의 들꽃

ⓒ 김태석, 2024

초판 1쇄 발행　2024년 06월 05일
　　　2쇄 발행　2024년 06월 20일

지은이　　　　김태석
표지 일러스트　ⓒ 유계언
내지 사진　　　ⓒ 이기주
디자인·조판　　위하영

펴낸이　　　　이기봉
펴낸곳　　　　도서출판 좋은땅
주소　　　　　서울특별시 마포구 양화로12길 26 지월드빌딩 (서교동 395-7)
전화　　　　　02)374-8616~7
팩스　　　　　02)374-8614
이메일　　　　gworldbook@naver.com
홈페이지　　　www.g-world.co.kr

ISBN　　　　　979-11-388-2977-9 (03810)